MIX
Papier aus verantwortungsvollen Quellen
FSC® C020056
FSC
www.fsc.org

ISBN 978-3-649-63189-7

Hafenweg 30, 48155 Münster, Germany
Grafische Gestaltung: Stefanie Bartsch
Redaktion: Kai König

www.coppenrath.de

Anna Kirsch

DER KLEINE MORD

Adventskalenderbuch mit Ausklappseiten

24 heitere Krimis

Illustrationen von Kordula Röckenhaus

COPPENRATH

Inhalt

Leise rieselt der Schnee

Krimi-Edition

Leise rieselt der Schnee,
die Gattin rührt Frikassee,
öffnet die Tür einen Spalt.
Freut sich: Der Gatte kommt bald!

Leise rieselt der Schnee,
die Gattin jubelt: Juchhe!
Sie kocht, singt, schmückt und richtet her,
freut sich: Sie liebt ihn halt sehr.

Hier im Stübchen ist's warm,
das Telefon klingelt Alarm.
Der Gatte, er lügt ohne Scham
und redet gar seltsamen Kram.

Die Gattin ist ganz allein,
vom Weine schenkt sie sich ein.
Dann muss sie weinen. Oh je!
Sie checkt jetzt: Er ist nicht okay.

Leise rieselt der Schnee,
sie hat einen im Tee.
Der Gattinnenseufzer verhallt:
Hilfe, der Gatte kommt bald!

Jetzt kommt er durch die Tür,
stinkend nach Frauen und Bier.
Sieh, wie er torkelt und lallt!
Nun ist sie nicht mehr verknallt.

Dann zur Heiligen Nacht
die Pistole erwacht.
Hört nur, wie lustig die schallt:
als sie den Gatten abknallt.

Freue dich! Bald ist er kalt!

DIE GUTE ALTE ZEIT

1

ZWEI RECHTS,
ZWEI LINKS

2

DER WUNSCHZETTEL

3

EINER, DER ALLES KANN

4

SO
EIN
HOHER
TANNENBAUM! –
TEIL 1

5

SO EIN HOHER TANNENBAUM! – TEIL 2

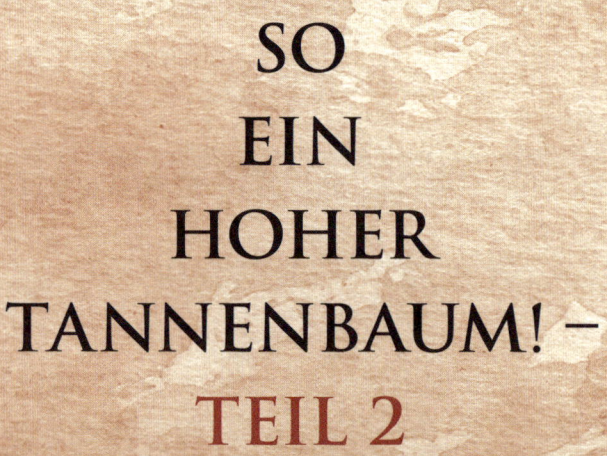

6

ÄPFEL UND BIRNEN

7

DIE ZWEITKORREKTORIN

8

DER GOLDFISCH

9

SCHWIEGERMUTTER-GESCHENKE

10

KERZEN ODER KATHOLIZISMUS

11

SCHORNSTEINFEGER

12

MAN MUSS
BEI KINDERN AUCH MAL
DURCHGREIFEN

13

HANDLUNGSREISENDE

14

FRIEDE AUF ERDEN UND DEN MENSCHEN EIN WOHLGEFALLEN

15

TIM ALLEIN ZU HAUS

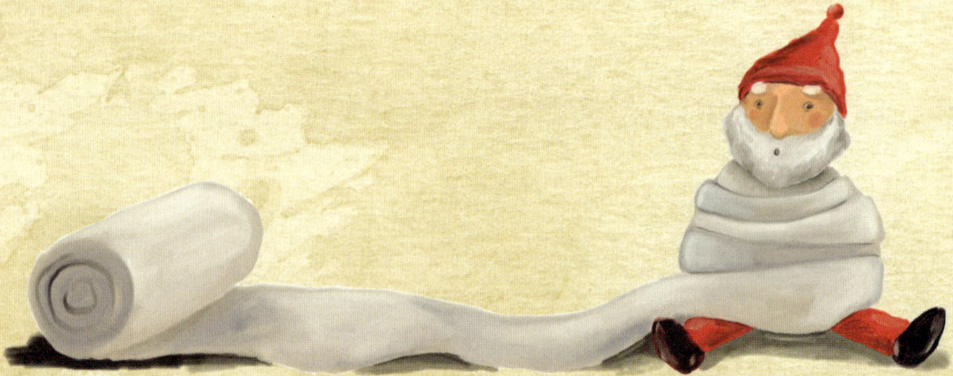

16

BAUERNHOFURLAUB

17

WEIHNACHTEN IN KENIA

18

DER ANRUF

19

DER TROTZKOPF

20

IMMER NUR „DER KLEINE LORD“

21

TEE IM SALON – TEIL 1

22

TEE IM SALON – TEIL 2

23

AM KAMIN

24

Cindys Pistazien-Muffins

Für 12 Muffins

3 Eier • 150 g Zucker • 1 Pck. Vanillezucker • 1 Prise Salz
½ Fläschchen Bittermandelaroma • 200 g gemahlene Mandeln • 150 g Mehl
1 Pck. Backpulver • 25–50 g gehackte Pistazien • 75 ml Pflanzenöl
grüne Lebensmittelfarbe

Den Backofen auf 180 °C vorheizen.

In einer Schüssel die Eier mit Zucker, Vanillezucker, Salz und Bittermandelaroma schaumig schlagen. Mandeln, Mehl, Backpulver, Pistazien zugeben und mit Öl, 75 ml Wasser und einigen Tropfen Lebensmittelfarbe zu einem glatten Teig verrühren.

12 Papierförmchen in die Mulden eines Muffinbleches setzen, den Teig darauf verteilen und 20–30 Min. backen. Die Muffins erst in der Form etwas abkühlen lassen, anschließend auf ein Kuchengitter geben.

Kulleraugen

Für etwa 100 Plätzchen

Für den Teig:

200 g Mehl • 1½ TL Backpulver • 250 g Butter • 125 g brauner Zucker
100 g gemahlene Mandeln • 3 Eigelb • ausgekratztes Mark einer Vanilleschote
50 g Semmelmehl

Für die Füllung:

100 g Himbeergelee

Für die Plätzchen das Mehl mit dem Backpulver in eine Rührschüssel geben und vermischen. Butter, Zucker, Mandeln, Eigelbe, Vanillemark und Semmelmehl zufügen und mit einem Rührgerät (Knethaken) zu einem glatten Teig verarbeiten. Den Teig zu einer Kugel formen und in Frischhaltefolie gewickelt etwa 30 Min. kalt stellen.

Den Backofen auf 180 °C vorheizen und das Backblech mit Backpapier auslegen.

Anschließend aus dem Teig kleine Kugeln formen und flachdrücken. Mit einem Holzlöffel in jede Kugel mittig eine Mulde drücken und mit Gelee füllen. 10-15 Min. backen. Auf einem Kuchengitter abkühlen lassen.

Oma Ediths Butterplätzchen

Ergibt 2 Bleche

125 g zimmerwarme Butter • 250 g Mehl • 125 g Zucker • Salz
2 kleine Eier • 2 gestrichene TL Backpulver • 1 Pck. Vanillezucker
2 Tropfen Bittermandelaroma

Die Butter in Stückchen in eine Schüssel geben und mit den restlichen Zutaten zu einem festen Teig verkneten. Den Teig in Frischhaltefolie gewickelt mindestens 1 Std. kalt stellen.

Den Backofen auf 180 °C vorheizen und Backbleche mit Backpapier auslegen.

Den Teig auf einer bemehlten Arbeitsfläche ca. 3 mm dick ausrollen und mit Förmchen nach Belieben ausstechen. Vorsichtig auf die Backbleche legen und in ca. 10 Min. goldgelb backen.

Isas feiner Quarkstollen

250 g Quark • 200 g Rosinen • Mehl zum Bestäuben • 50 g Orangeat
100 g Zitronat • 500 g Mehl • 1 Pck. Backpulver • 200 g Zucker
abgeriebene Schale von 1 unbehandelten Zitrone • 2 Eier • 2 EL Rum
400 g Butter • 150 g Mandelstifte • Puderzucker zum Bestäuben

Backofen auf 180 °C vorheizen und ein Backblech mit Backpapier auslegen. Den Quark abtropfen lassen, Rosinen mit Mehl bestäuben. Orangeat und Zitronat fein würfeln.

Das Mehl mit dem Backpulver auf die Arbeitsfläche sieben und eine Mulde eindrücken. In die Mulde Zucker, Zitronenschale, Eier und Rum geben und verrühren. 200 g von der Butter in Stückchen hinzugeben, dann Quark, Rosinen, Mandelstifte sowie Orangeat und Zitronat einarbeiten. Alles zu einem glatten Teig verkneten.

Einen Stollen formen und auf das Backblech legen. In 1–1 ¼ Std. fertig backen (Stäbchenprobe machen). Kurz vor Ende der Backzeit die restliche Butter in einem kleinen Topf zerlassen.

Stollen aus dem Ofen nehmen, gleich mit der heißen Butter übergießen und mit Puderzucker bestäuben.

Wolfsbarsch in Salzkruste mit Pinienkernbutter und Zitronen-Thymian-Kartoffeln

(Wolfsbarsch schmeckt besser als Koi!)

Für 4 Portionen

Für den Fisch:
1 Wolfsbarsch • 1 Bio-Zitrone • 1 Bund Zitronenthymian • 2 Eiweiß
2 kg Steinsalz

Für die Pinienkernbutter:
50 g Pinienkerne • 15 Kirschtomaten • 1 Knoblauchzehe • 150 g Butter

Für die Zitronen-Thymian-Kartoffeln:
1 kg kleine festkochende Kartoffeln • 2 Bio-Zitronen
1 EL getrockneter Thymian • Meersalz • Olivenöl

Für den Fisch den Ofen auf 180 °C vorheizen.

Den Wolfsbarsch innen und außen waschen und trocken tupfen. Die Zitrone heiß waschen, in dünne Scheiben schneiden. Den Zitronenthymian abbrausen, trocken tupfen und mit der Zitrone in die Bauchhöhle des Fisches geben.

Für die Salzkruste die Eiweiße steif schlagen und in einer großen Schüssel mit 2 EL Wasser und dem Salz vermischen. Einen Teil der Mischung ca. 1 cm hoch und etwas länger und breiter als der Fisch auf ein Backblech streichen. Den Fisch darauflegen, mit der restlichen Mischung bedecken und gut festdrücken. 40–45 Min. im Ofen garen.

Die Pinienkerne grob hacken, Tomaten blanchieren, häuten, entkernen und in ca. 5 mm große Würfel schneiden. Die Knoblauchzehe schälen und zerdrücken. Die Butter bei mittlerer Hitze in einem kleinen Topf zerlassen, die Knoblauchzehe zufügen und mit der Butter leicht bräunen. Die Knoblauchzehe aus der Butter nehmen. Tomatenwürfel und Pinienkerne zur Butter geben, vermischen und alles in eine kleine Schüssel füllen.

Den Fisch aus dem Ofen nehmen. Die Salzkruste rundherum mit einem Messer aufklopfen und vorsichtig abheben. Fischfilets von der Gräte lösen und mit der Pinienkernbutter servieren.

Für die Zitronen-Thymian-Kartoffeln den Ofen auf 200 °C vorheizen.

Die Kartoffeln putzen und halbieren, die Zitronen heiß abwaschen und in schmale Spalten schneiden. In einer großen Schüssel Kartoffelhälften, Zitronenspalten, Thymian und Salz mit reichlich Olivenöl vermischen und gleichmäßig auf einem Backblech verteilen.

45–60 Min. im Ofen rösten und ab und zu wenden, bis die Kartoffeln von allen Seiten knusprig und goldbraun sind.

Gänsebraten mit Kartoffelklössen und Rotkohl

(Den Menschen ein Wohlgefallen!)

Für 4 Portionen

Für den Gänsebraten:
1 küchenfertige Gans • Salz, Pfeffer • 1 Stängel Beifuß • 2 säuerliche Äpfel, geviertelt • 3 Zwiebeln, gewürfelt • 100 g Rosinen

Für den Rotkohl:
1½ kg Rotkohl • 4 Schalotten • 4 Äpfel • 3 EL Butter • 150 ml Apfelsaft
⅛ l Rotwein • 6 EL Apfelessig • 400 g Preiselbeeren (Glas) • 1 Zimtstange
3 Lorbeerblätter • Pfeffer • 7 Nelken

Für die Kartoffelklöße halb und halb:
1 kg mehligkochende Kartoffeln • Salz • 2 Eier • 100 g Mehl

Den Ofen auf 200 °C vorheizen.

Die Gans innen gründlich mit Salz und Pfeffer ausreiben. Den Beifuß abzupfen, mit Äpfeln, Zwiebeln und Rosinen vermischen, in das Innere der Gans geben und diese mit Küchengarn zunähen. Die Flügel nach hinten binden. Die Gans mit der Brust nach unten in eine große Fettpfanne setzen und mit ¼ l heißem Wasser begießen. Insgesamt ca. 3 Std. im Backofen braten.

Nach 30 Min. die Temperatur auf 180 °C reduzieren. Regelmäßig mit Salzwasser begießen. Wenn der Rücken gebräunt ist, die Gans wenden. Während des Garens hin und wieder die Seiten anstechen, damit das Fett ablaufen kann.

Rotkohl waschen und putzen, dann fein hobeln. 3 Schalotten schälen und würfeln. Äpfel schälen, vom Kerngehäuse befreien und würfeln. Apfel- und Schalottenwürfel in Butter anschwitzen, Rotkohl zufügen und 3 Min. unter Rühren dünsten. Mit Saft, Wein und Essig ablöschen. Preiselbeeren, Zimt, Lorbeer, Pfeffer und eine mit Nelken gespickte Schalotte zugeben. 30 Min. bei mittlerer Hitze garen, mehrmals umrühren. Dann weitere 1 ½ Std. bei geringer Hitze zugedeckt schmoren, regelmäßig umrühren.

Kartoffeln waschen. Die Hälfte in Salzwasser in ca. 20 Min. gar kochen. Abgießen, abschrecken und pellen. Den Rest schälen und fein reiben. In ein Geschirrtuch geben und die Kartoffelraspel gut ausdrücken, die Flüssigkeit in einer Schüssel auffangen. Die Pellkartoffeln durch eine Kartoffelpresse zu den Raspeln pressen. Das Kartoffelwasser vorsichtig abgießen, ca. 2 EL der am Schüsselboden abgesetzten Stärke und 1 TL Salz zu den Kartoffeln geben. Eier und Mehl zugeben und die Masse gut verkneten. 30 Min. kühl stellen.

Den fertigen Braten aus dem Ofen nehmen und warm stellen. Bratensaft etwas abkühlen lassen, das Fett abschöpfen und entsorgen. Den Rest aufkochen und mit Pfeffer und Salz abschmecken.

Mit angefeuchteten Händen 8 Klöße aus dem Teig formen. In reichlich siedendem (nicht kochendem!) Salzwasser ca. 20 Min. garen. Abtropfen lassen. Lorbeer und Schalotte aus dem Rotkohl entfernen. Mit Salz und Pfeffer abschmecken. Die Gans in Portionsstücke tranchieren und mit Sauce, Klößen und Rotkohl servieren.

Eierlikör mit Zimt

Für 1 Liter:

8 Eigelb • 1 Pck. Vanillezucker • 250 g Puderzucker
375 ml Kondensmilch • 250 ml Rum • 1 Prise Zimt • 1 Msp. Safran

Die Eigelbe mit Vanillezucker in einer Schüssel schaumig schlagen. Dann den Puderzucker unterrühren und die Kondensmilch zugeben. Rum, Zimt und Safran unterrühren.

Die Masse unter ständigem Rühren über einem Wasserbad erhitzen, bis sie dick wird. Vorsicht, auf keinen Fall kochen lassen, sonst stocken die Eier!

Den Likör sofort in Flaschen füllen und verschließen. Im Kühlschrank hält er sich 4–6 Wochen. Mit der Zeit wird er fester, durch Schütteln wird er jedoch wieder flüssiger.